AF295783

3282

JEUX PASTORAUX ET JEUX HEROÏQUES.

OUVRAGE MESLÉ DE VERS & de Prose, inventé & composé pour le passage de la Reine à Chaalons en Champagne, par M^r. le Chevalier DE LA TOUCHE LOISY.

A CHAALONS,

De l'Imprimerie de SENEUZE, Libraire & Imprimeur du Roy, au Lion.

M. DCC. XXV.

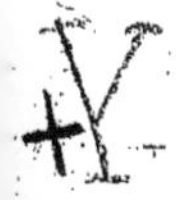

JEUX PASTORAUX

ET

JEUX HEROÏQUES.

PROLOGUE

A LA REINE.

L'AMOUR & le Respect se disputent la gloire

De sçavoir mieux faire leur cour.

A qui doit rester la victoire,

Ou du Respect ou de l'Amour ?

Jettez les yeux sur mon ouvrage,

Daignez aplaudir à mes Jeux,

GRANDE REINE ; & votre suffrage

Les fera triompher tous deux.

ARGUMENT.

⁴

THERSANDRE le plus zelé des Bergers de la Marne, inspire ses sentimens à la jeunesse de son Hameau; il luy expose les raisons qu'elle a de se livrer aux plaisirs dans le tems que le Roy se rend heureux par le Mariage qu'il contracte avec une Princesse acomplie : Il porte les Bergers ses compagnons à instituer des Jeux en l'honneur du Roy & de la Reine, & à perpetuer la mémoire de cette Aliance par un monument public de leur attachement respectueux. Les Bergers secondent ses intentions, ils chantent tour à tour avec les Bergeres, les augustes Epoux qui font le sujet de la fête. Apollon touché du zelle que témoignent ces Bergers, excite les beaux Arts à leur prêter leurs plus belles inventions. Les beaux Arts animez par la voix d'Apollon, s'empressent de lever plusieurs monumens, dans lesquels on découvre les plus riches Simboles d'un Mariage aussi heureux qu'est celuy de LOUIS XV. Mariage, que la prudence a conseillé, que la vertu a conduit & que le bon genie de la France vient heureusement de conclure.

EGLOGUE.

THERSANDRE.

UNissez à vos Chansonnetes
Et le son des hautbois & celuy des musettes,
Bergers, frappez les airs d'accens mélodieux,
Et des plus belles fleurs couronnez votre tête,
Non, vous n'aurez jamais ni si beau jour de fête,
   Ni de chanter sujet plus gracieux.

⚜

   Le Ciel qui pour nous s'interesse.
D'un Hymen glorieux a marquez les moments,
Charmé par les vertus d'une Auguste PRINCESSE,
LOUIS, sent de l'Amour les tendres mouvements,
Toûjours ce grand objet occupe sa pensée,
Pour luy des mêmes traits la PRINCESSE est blessée,
Junon pour les unir va descendre des Cieux.
Bergers, frappez les airs d'accens mélodieux,
Et des plus belles fleurs couronnez votre tête,
Non, vous n'aurez jamais ni si beau jour de fête,
   Ni de chanter sujet plus gracieux.

Allez tendres Bergers, allez jeunes Bergeres,
   Pan veillera sur vos Troupeaux;
Commencez des danses legeres

Au son des rustiques pipeaux.

La Paix loin de nos bords a banni les alarmes,

Notre ROY va goûter un destin plein de charmes;

Son bonheur fut toûjours l'objet de nos désirs,

Partageons la douceur de ses nouveaux plaisirs.

Avançons par nos vœux la brillante journée,

Où le lien sacré d'un Royal Hymenée

Doit au Sang des Heros unir le Sang des Dieux.

Bergers, frappez, les airs d'accens mélodieux,

Et des plus belles fleurs couronnez votre tête,

Non, vous n'aurez jamais ni si beau jour de fête,

Ni de chanter, sujet plus gracieux.

D'un jour si beau conservons la mémoire

Par un champêtre monument.

L'Hymen ainsi que la Victoire

Aïme la pompe & l'ornement.

Hilas dans ce Vallon, j'ordonne la structure

D'un Portique embelli de fleurs & de verdure,

Au Chifre des Epoux à leurs Ecus guerriers

Unissez galamment le Mirte & les Lauriers,

Et par des entrelas de Lis & d'Amarante

Exprimez une ardeur & sincere & constante;

J'y veux voir Cupidon arborer son carquois

Sur les traits renversez de la Reine des Bois.

Diane avant l'Hymen avoit droit de pretendre

Que près d'elle LOUIS passeroit chaque jour;
Mais l'Hymen déformais sçaura bien faire rendre
Les momens que Diane a surpris à l'Amour.
Et l'Hymen & l'Amour ont jurez de s'entendre,
Pour donner à LOUIS des jours délicieux.
Bergers frappez les airs d'accens mélodieux,
Et des plus belles fleurs couronnez votre tête,
Non, vous n'aurez jamais ni si beau jour de fête,
    Ni de chanter, sujet plus gracieux.

    Venez, suivez mes pas, venez belle jeunésse;
Près du galant Portique instituons des Jeux,
Célebrons à l'Envi LOUIS & la PRINCESSE
    Dont l'Hymen couronne les vœux.
Evitons les écarts du stile pindarique,
Confervons dans nos chants cette simplicité
Ces naïves beautés que la Mufe ruftique
    Sçait prêter à la verité.
Exprimons d'un Heros la naiffante tendreffe,
D'une Reine chantons les vertus, là fageffe,
Les traits de fon Efprit, le pouvoir de fes yeux.
Bergers frappez les airs d'accens mélodieux,
Et des plus belles fleurs couronnez votre tête,
Non, vous n'aurez jamais ni si beau jour de fête,
    Ni de chanter, fujet plus gracieux.

HILAS.

J'entendois dans nos Bois la tendre Philomele,
Animer ses accens d'une grace nouvelle,
Par des transports badins exprimant ses ardeurs,
Le Zephire plus vif folatroit avec Flore
Et je voyois la terre au lever de l'Aurore,
Se parer chaque jour de riantes couleurs,
Je croyois qu'au séjour de la voûte azurée,
L'Amour alloit bien-tôt preferer nos climats,

    Et que les fils de Cyterrée
    Devoient y marcher sur ses pas.
    Non, c'est LOUIS qui va paroître,
    La Nature luy fait sa cour,
    Et par-là, me donne à connoître
    Qu'il est aussi beau que l'Amour.

SILVIE.

LOUIS est aussi beau que le Roy de Cyterre,
Et la REINE a les yeux qui distinguent sa Mere,
L'air noble de Junon, les vertus de Pallas,
Encherissent encor sur ses plus doux apas.

SILVANDRE.

Sur le fils de Priam LOUIS a l'avantage,
De la seule Venus Paris suivit les Loix.

    LOUIS au Printems de son âge,
    A sçu faire un plus digne choix.

AMINTE.

A M I N T E.

Floreftan m'a conté, qu'une jeune Nayade,

    Qui s'égaroit dans les forêts,

    Fit rencontre d'une Dryade.

Qui luy dit : de l'Amour ne crains-tu pas les traits !

    Ouy je les crains, répondit-elle ;

La Dryade reprit : en quittant tes rofeaux

Veux-tu donc reffentir fon ateinte cruelle ?

    Vas te replonger dans les eaux.

Du Dieu d'Amour, le Monarque de France

M'a fait fentir la fatale puiffance ;

    C'eft dans ces Lieux qu'il vient chaffer ;

    Ses yeux peuvent tout embrafer.

La Nayade à l'inftant en fit l'expèriance,

Son cœur des mêmes feux fentit la violence ;

Le murmure de l'onde exprime fes foupirs,

Et fon cours bouillonnant l'ardeur de fes défirs.

C O R I D O N.

Un Heros fi parfait, d'une Nimphe immortelle

    Merite les empreffemens.

A M A R I L L E.

    L'Epoufe de LOUIS, auffi fage que belle

Des celeftes beautez a tous les agremens.

P H I L E N E.

    Quelle plus belle deftinée

Pouvoit à la vertu promettre l'Hymenée ?

B

FLORIANTE.

A quel plus digne objet, de quel plus puiſſant Roy
Pouvoit-il engager la foy?

THERSANDRE.

Bergers heureux raſſemblez vous,
Et des plus belles fleurs couronnez votre tête,
Raſſemblez-vous, acourez tous
Pour terminer la fête
De l'Hymen le plus doux.
L'Etoile de Venus ſe leve,
N'avons-nous pas aſſez danſé?
Faiſons des vœux pour que l'Amour achève
Ce que l'Hymen a commencé.

CHOEUR.

O France fortunée!
Hymen ô Hymenée!
O deſtins glorieux!
O brillante journée!
Hymen, ô Hymenée!
O France fortunée
Dans l'inſtant précieux
Que le ſang des Héros s'unit au ſang des Dieux!

APOLLON.

J'aime de ces Bergers la ruſtique harmonie,
De toutes leurs chanſons j'aprouve les accords;
L'amour ſe fait ſentir dans cette ſimphonie;

Les sentimens du Cœur animent leurs transports.

Muses soutenez leur foiblesse,

Secondez leurs tendres efforts.

Ces Jeux sont pour leur Roy, dont l'Hymen m'interesse;

Beaux Arts, vous qui rendez ses Etats glorieux,

Rélevez avec nous leur respect & leur zele,

Avec tout votre éclat paroissez en ces lieux.

Par la voix d'Apollon la Gloire vous apelle;

Prêtez à ces Bergers vos plus beaux ornemens.

Venez superbe Architecture,

Et vous ravissante Peinture,

Consacrez leurs empressemens.

LES Arts s'empressent aussi-tôt d'élever à la gloire du Roy & de la Reine, des Monumens qui puissent conserver à la posterité l'histoire de leur heureux Mariage. L'Architecture donne le dessein du premier Monument, la Peinture a recours aux inventions les plus galantes, pour embellir le second, la Sculpture se charge des décorations du troisiéme. Le premier porte le nom du Temple de l'Hymenée; le second de l'Arc des Eléments, le troisiéme de l'Arc des Graces.

Le Temple de l'Hymenée est un Edifice d'une ordonnance très simple tirant sur le rustique, sa figure est quarrée, parce que cette figure étant la plus solide, elle réprésente la fermeté & l'incommutabilité de l'Alliance qui se contracte par le Mariage; quatre Portes donnent l'entrée dans ce Temple; elles sont toûjours ouvertes & régardent les quatre Parties du Monde, ce qui signifie qu'il est libre à toutes les Nations d'y entrer, & d'embrasser les Loix de la Divinité qui y préside. A la clef du ceintre de chaque Porte, l'on voit le Buste d'un Dieu ou d'une Déesse; l'une des Portes est ornée de celuy de Junon, l'autre de celuy de Venus; icy l'on reconnoît la tête de Mercure, & là, celle de Plutus.

Par cette disposition simbolique, l'Art prétend exprimer les quatre motifs principaux qui déterminent au Mariage; Junon marque le crédit

& la naiſſance; Venus, l'amour & la beauté; Mercure, l'interêt politi-
que; Plutus la grandeur des richeſſes.

Chacune de ces Portes eſt accompagnée de deux montans pratiquez
dans les avans-corps des deux côtez; ſur ces avans-corps qui ſont
au nombre de huit, ſont feints des baſreliefs pour répreſenter en forme
de Trophées les attributs des Divinitez, que les Anciens croyoient
préſider plus particulierement aux Nopces; à ſçavoir, Jupiter, Apollon,
Mercure, l'Amour, Bacchus, Ceres, Pallas & Diane (priſe quelque-
fois pour Lucine Déeſſe des acouchemens.)

Ces Trophées par la forme riche & gracieuſe des inſtrumens qui
les compſent, preſentent aux yeux un ſpectacle fort varié, & à l'eſ-
prit, la matiere d'une recherche curieuſe.

Sur la friſe qui regne autour du Temple, l'on voit des feſtons de
fleurs & de fruits, & d'eſpace en eſpace des arcs & des flambeaux
liez avec des rubans aux couleurs du Roy & de la Reine.

Les quatre Angles du quaré portent un ſocle ſur lequel ſont apuyées
des torches Nuptiales compoſées dans le goût Italien, avec des figures
d'Amours, des chutes de fleurs, des cartouches & d'autres inventions
galantes.

Au milieu des quatre torches eſt élevé (ſur le comble du Temple,)
un magnifique Piedeſtal, ſur lequel eſt un Groupe qui répreſente l'Alliance
du Roy LOUIS XV. avec la Princeſſe MARIE de Pologne.
Ainſi l'Architecture couronne ſon œuvre & termine le Monument
élevé à la gloire de leurs Majeſtez, par la répreſentation d'un Ma-
riage accompli, dans lequel les Simboles, qui ſervent d'ornemens aux
quatre faces du Temple, deviennent une réalité.

Le Piédeſtal eſt orné de cartouches, dans leſquels on voit l'union des
Armes de BOURBON & de LESZCZINSKY avec les Chifres
des deux Epoux, les Vœux de la France y ſont auſſi exprimez par
ce Diſtique tiré de Jovinianus Pontanus.

Jungat amor, quos junxit Hymen, tædæque jugales.

Quæ juvenes, teneat hæc quoque cura ſenes.

A l'occaſion de ce Monument, la Poëſie compoſa la Cantate ſui-
vante, qui fut exécutée par la Muſique.

LE TEMPLE
DE
L'HYMENÉE.
CANTATE.

DES plaifirs innocens, féjour délicieux,
Le Temple de l'Hymen fe prefente à mes yeux.
L'Amour avec ce Dieu dans une Paix profonde
Y fait un doux accord, qui conferve le Monde.
L'Union de leurs cœurs forme les plus beaux nœuds,
Celle de leurs flambeaux en augmente les feux.

 C'eft fous leur empire
 Qu'un cœur amoureux
 Jamais ne refpire
 Que plaifirs & jeux.
 Si tout y confpire
 A combler fes vœux,
 C'eft fous leur empire
 Qu'il doit être heureux.

 Quel charmant martyre
 Qu'un tendre défir,
 Quand on ne foupire
 Que dans le plaifir !

La flute & la lire
N'ont rien à nos fens
Qui toûjours n'infpire
Tranfports raviffants.

Sous un tel empire
Un cœur amoureux,
Jamais ne refpire
Que plaifirs & jeux.
Si tout y confpire
A combler fes vœux,
Sous un tel empire
Qu'il doit être heureux !

Minerve ouvre le Temple. Un demi Dieu s'avance
A la pompe, à l'éclat, aux charmes que je vois,
Je reconnois le Monarque de France,
Qui du puiffant Hymen vient embraffer les Loix.
A fes côtez une aimable Princeffe
Marche conduite par l'Honneur.
Sur fon augufte front repofe la fageffe,
Ses vertus de LOUIS ont captivé le cœur.

Quittez le Palais de Cyterre,
Venez embellir ce féjour,
Accourez Mere de l'Amour ;

Et vous qu'à Samos on révere,
Venez grande Junon préfider au Miftere,
Qui doit s'accomplir en ce jour.

Paroiffez galante Euphrofine,
Conduifez icy vos deux Sœurs,
Zéphire répandez des fleurs,
Nimphes de la double Colline
Par vos plus doux accents
Venez ravir les fens,
Uniffez à nos voix votre Lire divine.
Et vous tendres Amours de l'Hymen le plus beau,
Aux plus durables feux alumez le flambeau.

Quittez le Palais de Cyterre
Venez embellir ce féjour,
Accourez Mere de l'Amour,
Et vous, qu'à Samos on révere,
Venez grande Junon préfider au Miftere,
Qui doit s'accomplir en ce jour.

De Rofes & de Thym la tête couronnée,
Prês d'un antique Autel le riant Hymenée
De ces nouveaux Epoux confacrant les ardeurs,
D'un lien éternel fçait enchainer les cœurs.
LOUIS donne la main à l'aimable PRINCESSE,

Ils se jurent tous deux une égale tendresse,

Le gage précieux de leurs engagements

Dans ces communs transports assure leurs serments.

Tout l'Olimpe aplaudit, à la cérémonie ,

Il ordonne par tout les plaisirs & les feux ,

      Et la celeste simphonie

Accompagne ces airs de sons armonieux.

              ❧

      D'un Amour inalterable

      En tout temps cüeillez les fleurs ,

      Qu'une Paix inébranlable

      En conserve les douceurs.

      Confondez tendrement les flames

      Dont l'ardeur embrase vos ames ,

      Et dans les innocents plaisirs ,

Que l'Amour & l'Hymen comblent tous vos désirs.

              ❧

De l'astre de Venus la féconde influance

      Vous promet des Heros ,

Vous les verrez un jour assurer à la France,

      La gloire & le repos.

      Ils rempliront leur destinées

      Par les Exploits les plus fameux ,

      Et le nombre de vos années

Qui du François égalera les vœux,

Doit faire le plaisir de vos derniers neveux.

              ❧

D'un

D'un Amour inaltérable

En tout temps cueillez les fleurs,

Qu'une Paix inébranlable

En conferve les douceurs,

Confondez tendrement les flames

Dont l'ardeur embrafe vos ames,

Et dans les innocents plaifirs,

Que l'Amour & l'Hymen comblent tous vos défirs.

Cette Cantate étant finie, Therfandre, en faveur duquel les Arts s'étoient réünis, fentit croître fon zele à mefure qu'il étoit fecondé, & fe laiffant aller à l'efprit d'Apollon qui l'agitoit, il chanta l'Epitalame du Roi, qui fut gravé dans le Temple.

EPITALAME.

I

O Vous! qui confacrez par la fidele hiftoire,

Les grands évenemens au Temple de mémoire,

Nymphes du double mont, offrez y dans ces vers

Un fuperbe fpectacle aux yeux de l'univers.

Apollon les chantoit au fommet du Permeffe;

Quand LOUIS dévouant fa premiere tendreffe

A la fille d'un Roy des fiers deftins vainqueur,

Donnoit à la Vertu fa Couronne & fon cœur.

II.

Prince cheri des Dieux, Princeffe fortunée,

Recevez aujourd'huy le riant Hymenée,

Qui prenant de l'Amour & l'arc & le flambeau,

Doit faire de vos jours éclater le plus beau.

L'Encens fume, & l'Autel par les Graces s'aprête;

Junon de ses presents veut embellir la Fête,

Jupiter de faveurs ouvre un riche Trefor,

Et Saturne charmé, croit revoir l'age d'or.

III.

Cloris répand des fleurs, & l'aimable Pomone

Joint aux dons de Cerès les beaux fruits de l'Automne.

Comus par l'apareil des mets délicieux,

Sollicite le goût & contente les yeux.

Bacchus à son aspect vuide sa large coupe,

L'agréable Momus des jeux conduit la troupe,

Une foule d'Amours les apelle à grands cris,

Les plaisirs innocents dansent avec les ris.

IV.

Tout l'Olimpe pour vous déployant sa puissance,

Attire par ses dons votre reconnoissance.

Lucine à vos désirs assure ses secours,

Et pour vous Lachesis va filer de beaux jours;

Hebé fera fleurir votre tendre jeunesse,

Minerve vous promet les fruits de la sagesse,

L'Hymen des plus beaux feux vient éclairer vos pas,

Venus répand sur vous les plus rares apas.

V.

Tout vous parle d'amour, tout rit dans la nature,

Les arbres, les oiseaux, les ruisseaux, la verdure,

Touché de la douceur de vos plaisirs nouveaux,

Quelque tems le Soleil arrête ses chevaux.

Mais les heures bien-tôt de ce Dieu favorable,

Hateront dans les mers le retour agréable.

La fuite de son char precipite le jour,

Et la nuit vient s'offrir aux désirs de l'Amour.

V I.

A ce charmant vainqueur abandonnez vos ames,

Livrez vous à ses traits, livrez vous à ses flammes;

Et durant que pour Vous la France fait des vœux,

Assûrez son bonheur, il dépend de vos feux.

Le Heros dont l'Hymen vous promet la naissance

Doit être son apuy, sa force, sa défense,

Puisse-t-il sous vos yeux voir les Fils de ses Fils

Eterniser son nom & l'Empire des Lys.

LA Peinture ne prétendit point ceder à l'Architecture, ni à la Musique, ni même à sa sœur la Poësie, piquée d'une noble émulation à la vûë du Monument que je viens de décrire, & se laissant emporter au feu de son genie, elle fit éxecuter le dessein qui suit.

Aux côtez d'une Arcade, qui facilite la découverte d'une promenade fameuse, laquelle fit de tous tems les délices de la Ville de Châlons, s'élevent deux avant-corps qui soûtiennent un Entablement chargé d'un riche fronton, dans lequel est pratiqué un Cadre pour renfermer un Tableau, dont voicy l'ordonnance.

LOUIS XV. y paroît prenant le frais à l'ombre d'un Bois de palmes & de lauriers; sa tête est ceinte d'un rameau d'olive, & les Arcs, les javelots, le Cor de chasse, les Chiens & le Gibier que l'on voit à ses pieds, expriment assez quelles sont les nobles exercices qui flattent l'inclination de Sa Majesté, & qui occupent le beau loisir que luy laisse une Paix profonde. Sollicité par l'Amour qui luy fait remarquer le Portrait de la

Princeſſe Royale de Pologne, qu'apporte Mercûre, & déterminé par les conſeils de Minerve, qui luy montre l'Hymenée prêt à couronner la paſſion qu'elle luy inſpire, Le Roy paroît enchanté des traits de l'Epouſe que le Ciel luy deſtine.

Le Quadre qui ſert d'ornement à ce Tableau, eſt ſurmonté de deux Amours qui s'embraſſent & réüniſſent les feux de leurs flambeaux. Les quatre coins ſont ornez de cartouches, dans leſquels on voit des Médaillons, l'un renferme le Portrait du Roy, tel qu'il eſt dans la derniere Médaille qui a été frappée pour Sa Majeſté. L'autre Médaillon en contient le revers, dont le corps eſt un Trophée de chaſſe avec cette Inſcription.

ET HABET SUA CASTRA DIANA.

Le troiſiéme eſt chargé d'un Régard du Roy & de la Reine, & le quatriéme d'un revers compoſé d'un Trophée d'amour, où l'on aperçoit la Couronne, le voile & le flambeau de l'Hymenée avec cette inſcription imitée de la premiere.

ET HABET SUA CASTRA HYMENÆUS.

La Peinture pour donner à connoître la joye que cauſe le Mariage du Roy, & les plaiſirs qu'il fera naître dans toute l'étenduë de ſes Etats, diſpoſa deux Groupes d'enfans ſur les avans-corps. L'un de ces petits genies joüant avec l'Aigle de Jupiter, exprime l'Air; l'autre tenant un foudre & les inſtrumens de Vulcain, repreſente le Feu; Celuy qui porte un Trident, eſt pris pour l'Eau; enfin celuy qui s'apuye ſur un Lyon, & tient la maſſuë d'Hercule, déſigne la Terre.

L'enjoüement de ces enfans qui régardent l'Ouvrage peint ſur le fronton, fait aſſez voir que tous les Elemens ſont employez par la France dans les tranſports & les démonſtrations de ſa joye; c'eſt ce qui eſt encore plus heureuſement dévelopé dans les ſix Camayeux dont les avans-corps ſont ornez.

Les deux grands Camayeux ſont diſpoſez en ligne perpendiculaire, les quatre petis en ligne horiſontale; dans celuy qui eſt du côté de l'Air & du Feu, l'on voit des Trophées d'inſtrumens à vent, des pennaches, des fuſées, des lances à feu, des vaſes enflamez, &c. Les Trophées qui rempliſſent celuy qui a raport à la Terre & à l'Eau, preſentent à la vûë un mêlange gracieux de fleurs, de fruits, de branches de corail, de perles & de coquillages, avec un gouvernail & un trident paſſez en ſautoir.

Dans le premier des quatre petits Camayeux, les Amours dansent autour d'un feu de joye, pendant que d'autres tirent un feu d'Artifice, & font voler des fusées; expressions naturelles de l'usage de l'Element du feu dans les fêtes publiques.

L'usage de l'Air est remarquable par un concert d'instrumens à vent, & par des amours suspendus en l'air, au moyen d'un voile que le vent enfle & soutient.

L'usage de la Terre se distingue par un baccanale d'amours, en l'honneur de Bacchus & de Cérès, ses deux principales Divinitez. Et celuy de l'Eau, par des courses d'oyes & des joûtes qui se font par d'autres Amours galemment équipez & portez sur de petites barques, travaillées avec art.

La Peinture s'aplaudissoit du succès de ses inventions & croyoit presque que cet effort d'imagination avoit épuisé les resources du genie; cependant la Sculpture en trouva de nouvelles, & tira de ce riche fonds, une composition de figures dans lesquelles joignant la précision du contour antique, à l'élegance du goût moderne; elle fit voir qu'elle n'avoit pas perdu le talent si vanté de sçavoir tirer la vie, le mouvement & l'esprit de l'insensibilité des marbres & du sein même de la matiere.

L'Arc qu'elle inventa, s'apelle l'Arc des Graces; quatre figures, deux à chaque côté de la percée soutiennent l'Entablement; à droite, l'on voit la Jeunesse & la Beauté, l'une est figurée par Hebé, l'autre par Venus; à gauche la Noblesse & la Sagesse, l'une est répresentée par Junon, l'autre par Minerve.

Ces figures sont plus grandes que le naturel & drapées dans le goût antique; le Piedestal qui les porte est enrichi de basreliefs, dans lesquels on découvre leurs attributs; les Pigeons de Venus & la Coupe d'Hebé sont d'un côté, le Paon de Junon & le Bouclier de Minerve sont d'un autre.

L'Entablement est chargé d'un fronton ceintré, sur lequel repose une figure d'Apollon (pris pour le Soleil, Pere de la Nature & principe de toute fecondité,) en régard avec celle de Mercure qui désigne la bonne intelligence, le commerce agréable & l'union dont son Caducée est le Symbole.

La Sculpture a feint un nuage leger qui descend sur le fronton, &
en couvre une partie ; c'est sur ce nuage que les Graces conduites par
l'Hymenée, & servies par les Amours, forment une Guirlande d'Im-
mortelles, dont elles embelissent un Médaillon ; dans lequel sont les
Bustes du Roy & de la Reine.

Au-dessus de ce Médaillon, l'Hymenée couronné de roses, éleve son
flambeau & fait voltiger son voile. Sous le nuage, au milieu de l'En-
tablement, un grand cartouche renferme les Armes de Leurs Majestés ;
les Amours qui leur servent de suports s'embrassent, & en réünissant
les festons de fleurs & de fruits qui sont l'ornement du cartouche,
ils semblent réserrer les nœuds de cet heureux Mariage ; la Frise laisse
voir une composition galante, dans laquelle les Roses, Simboles de l'A-
mour, les Grenades, Simboles de la concorde & les Lys qui signifient la
candeur, forment un agréable mêlange : Tout ce corps d'Architecture
ainsi décoré, est terminé par une haute Piramide sommée de deux cœurs
embrasez, posez au milieu d'un arc & d'un flambeau ; un Liere, Sim-
bole de l'attachement inviolable des deux Epoux, paroît adherant à la
Piramide.

LES
BEAUX ARTS,
A LA REINE.
EPILOGUE.

JAMAIS sur des sujets ni plus grands, ni plus beaux,
Nous n'avons GRANDE REINE, exercé le génie ;
Nous sçavons de ton goût la justesse infinie,
C'est ce goût qui nous fait craindre pour nos travaux.

Exprimer ta vertu.... Grands Dieux ! qu'elle entreprife !
Nous l'avons cependant ofé dans nos tranfports ;
Cette temerité doit caufer ta furprife ,
Et ne peut qu'à tes yeux affoiblir nos efforts.

Exprimer ta vertu . . . . Qui donc y peut atteindre !
Il n'appartient qu'aux Dieux de peindre
Tout ce que les Dieux t'ont donné.
Mais dans un fi beau champ faut-il perdre courage ?
Le pouvoir d'imiter leur plus parfait ouvrage ,
Aux Arts ne l'ont-ils pas toûjours abandonné ?

PRINCESSE ta bonté plus que tout nous raffure.
Pardonne à qui n'a pû te bien reprefenter ;
La vertu qui furpaffe & ravit la nature ,
Surpaffe auffi les Arts qui doivent l'imiter.

LUDOVICI XV.
FRANCIÆ ET NAVARRÆ
REGIS CHRISTIANISSIMI

ET

MARIÆ
STANISLAI REGIS
FILIÆ,

TŒDIS FŒLICIBUS,

CARMEN NUPTIALE

FULGIDUS ecce novo scandit super æthera Titan
    Lumine, jamque novo gramine vernat humus
Immiſtæ ſatiris, ſilveſtria numina Nimphæ
    Ad choreas gaudent implicuiſſe manum.
Neſcio quid tenerum viridantibus undique ſilvis
    Concinit argutis nunc Philomela modis;
Neſcio quid tenerum Zephirus nunc fervidus áfflat
    Subſilit, & tenero murmure garrit Aqua.
Neſcio quid tenerum reſonat mea fiſtula, numquid
    Sentit adeſſe novos Gallia læta Deos?
En ſecreta meos pertentant gaudia ſenſus,

Illapsusque meo pectore fervet amor.

Fervet amor! blando quis enim non cedat amori!

Quis valeat tanti frangere tela Dei.

Ignea tela, Jovis debellatura tonantis

Fulmina, Threïcio tela timenda Deo.

Omnia vincit amor, cernas ut Turtur ab ulmo

Turturis illecebris ardeat acta sui.

Ardet nidificans Passer, per Rura coturnix

Ardet, & in medis mergus & anser Aquis.

In Campis Aries, nigris in Montibus Ursus,

Inque procelloso gurgite, Piscis amat.

Nec tantùm Venerem sentit genus omne animantum;

Dura metalla Venus, saxaque dura movet,

Illa movet Plantas, movet Arboris optima Fœtus,

Fœcundatque suo cuncta calore Venus.

Hinc hederæ tenero circumdant robora nexu,

Conjugium Palmæ, palma requirit amans;

Et quæ fixa solo multis radicibus hæret,

Hinc Clytie Phœbi sedula servat iter.

Hinc vitis diffusa suam complectitur ulmum,

Luxuriatque novis ulmus amica comis.

Omnia vincit amor! quid ni? LODOICUS AMABIT.

Idalias LODOIX sentiet ipse faces.

Æthereo LODOIX perfusus membra decore,

Quique refert vultus blande cupido tuos

Percitus auratis juvenilia pectora telis

In sua fœcundum vota vocabit Hymen.
Huc ades ô Hymenæe, Hymen ades ô Hymenæe,
   Huc ades ô longas rumpe Hymenæe moras?
Audior! ecce venit, sacras concordia Vestes,
   Ecce Venus Ceston nexuit alma suum.
Adsunt en Charites, sed quis perstrinxit ocellos
   Fulgor? Quarta tribus jungitur ecce charis.
Pulcrior illa tribus, furata est lumina amori,
   Est LODOIX Thalamis Sponsa parata tuis.
Talis erat Juno dextram sociata tonanti,
   Talis erat Paphio, nupta Puella Proco,
Talis & Alciden Hebé sortita Maritum
   Ipsa est attonitis visa Venusta Diis.
Huc ades ô Hymenæe, Hymen ades ô Hymenæe!
   Jam bene junxit amor, pectora junge manus.
Dicamus bona verba, venit Procerum agmine cinctus
   Siderei LODOIX, maxima cura poli,
Auspicibusque Diis connubia dulcia nectit
   Aspirant votis Astra benigna suis.
Jam, Jam purpurea spectandus veste Sacerdos,
   Sacravit Casto debita jura Toro.
Cœptaque nunc terris firmantur fœdera Cœlo,
   Stat nunc perpetua Lege révinctus amor.
Addantur flammis flammæ conjunctaque spirent
   Innumeras semper pectora delicias.
Omnipotens, Cœli Rector, Fons purus amoris

Legitimo per quem fulget honore Torus

Concedat LODOIX, tibi toto cernere sæclo

Augustam pulcra crescere Prole Domum.

Gallia sic vigeat, tædisque Jugalibus aucta,

Sentiat ad Thalamos numen adesse tuos.

Tu Regina suos LODOIX, cui junxit amores

Cordis Primitias & sua Sceptra ferens,

Vive diu, Sponsus tecum gratissimus omni

Tempore, det flammæ pignora chara suæ.

En vestra alternis nectuntur Nomina vinclis,

Sic sint perpetua corda revincta Fide.

Crescat & Ambobus semper rediviva voluptas,

Unus & in gemino pectore regnet amor.

CANEBAT,

Subditorum devotissimus
addictissimusque,

F. JACOBUS IGNATIUS DELATOUCHE LOISY,

Beātæ Mariæ à Monte Carmelo,
& S. Lazari Hierosolimitani,
P. Eques.

www.ingramcontent.com/pod-product-compliance
Ingram Content Group UK Ltd.
Pitfield, Milton Keynes, MK11 3LW, UK
UKHW020107100726
13658UKWH00005B/2015